# SPIDER-MAN

## CONTRE
## LE BOUFFON VERT

C'est une journée normale à l'école. Peter Parker lit un article à propos de lui, l'incroyable Spider-Man, dans le *Quotidien*.

—Qu'est-ce que tu lis, le rat de bibliothèque ? intervient Flash Thompson, une petite brute de l'école.

Peter l'ignore. C'est à ce moment que son ami Harry Osborn vient le rejoindre.

—Hé, les gars, dit-il, les Enforcers ont cambriolé l'Empire State Building !

3

En tant que Spider-Man, Peter a souvent eu affaire aux Enforcers dans le passé. Il s'agit d'une bande de criminels rusés ! Les policiers auront besoin d'un bon coup de main. Alors Peter se précipite dans une ruelle qui se trouve à proximité…

… et, quelques secondes plus tard, Spider-Man se balance dans les hauteurs de la ville de New York ! Il est prêt à tout. Mais il a l'étrange sentiment qu'on l'observe.

Spider-Man arrive à l'Empire
State Building, où les Enforcers l'attendent.
Montana essaie de le prendre au piège avec
son lasso. Mais Spidey évite la corde de justesse.

Puis, Ox tente de lui lancer une poubelle, mais Spidey se sert de son fil d'araignée pour l'arrêter !

Fancy Dan tire ensuite une grenade étrange sur le tisseur de toiles, mais ne le blesse pas.

Spidey se sert de ses fils d'araignée pour attacher les Enforcers.

—Ils sont à vous ! crie Spider-Man aux policiers au moment où il quitte les lieux.

Peter retire son costume. Il a encore la sensation qu'on l'observe.
Son sens d'araignée devrait l'avertir du danger, mais ce n'est pas le cas.
Le Bouffon vert a donné l'étrange grenade à Fancy Dan. Celle-ci
contenait un gaz qui affaiblit le sens d'araignée de Peter.

Le Bouffon vert a découvert la véritable identité de Spider-Man !
Il suit Peter jusque chez sa tante May, qui habite le quartier Forest Hills
dans le comté de Queens.

—N'entre pas, Spider-Man, siffle le Bouffon vert, ou je te ferai
sortir de force !

Le Bouffon vert l'attaque. Sans son sens d'araignée pour l'avertir du danger, Peter finit par s'épuiser. Il ne peut pas éviter les explosions de son ennemi.

—Tu n'es plus aussi rapide à présent, susurre le Bouffon tandis qu'il capture Peter !

Peter se réveille dans le repaire secret du Bouffon vert.

—Regarde-moi bien, Peter Parker, mon visage est la dernière chose que tu verras de ta vie ! dit le Bouffon en retirant son masque.

Peter n'en croit pas ses yeux. Le Bouffon vert est en réalité Norman Osborn, le père de son ami Harry ! C'est donc pour cette raison que Norman l'a reconnu !

Peter doit détourner l'attention du Bouffon pour se libérer.

Il espère pouvoir y parvenir en discutant avec lui.

—Alors, comment es-tu devenu un vilain, Bouffon ?
As-tu remporté un costume vert dans un concours ? demande-t-il.

Norman se met en colère.

—Je vais te dire comment je suis devenu le Bouffon vert !
réplique Norman. Je réalisais une expérience avec un étrange liquide
chimique. Il est soudainement devenu vert et a explosé !

L'explosion a donné une force surhumaine à Norman. Il a décidé
de se servir de ses nouveaux pouvoirs pour devenir le plus grand
criminel costumé de tous les temps.

—C'est maintenant
le moment d'en finir avec toi une
bonne fois pour toutes ! dit le Bouffon vert.

Il libère Peter afin de démontrer à Spider-Man
que le Bouffon vert peut le vaincre. Peter enfile
son masque de Spider-Man. C'est l'heure
de tisser des toiles !

Le Bouffon lance une bombe-citrouille vers Spider-Man.

—As-tu oublié quels étaient mes pouvoirs ? dit-il.

Spidey tire un fil d'araignée dans le visage
du Bouffon vert.

—Comment aurais-je pu oublier ? répond-il.
Tu en parles sans cesse !

Aveuglé par le fil d'araignée, le Bouffon vert trébuche et tombe vers l'arrière. Il renverse plusieurs fioles de produits chimiques, causant ainsi une explosion monstre !

Tandis que la fumée causée par l'explosion se dissipe,
Spider-Man se rue vers le Bouffon vert. Norman regarde Spidey,
mais il ne le reconnaît pas !

Il ne se souvient pas que Peter Parker est Spider-Man !
Il demande simplement où se trouve son fils, Harry.

Norman Osborn n'est plus le Bouffon vert.
Spidey a sauvé le père de son ami. Et son identité
secrète n'a pas été dévoilée. Ce fut une journée
mouvementée pour notre héros, Spider-Man !